# VENDÉENNES
## ET
# CHANTS HELLÈNES

SUIVIS DE

*Poésies Diverses*

PAR J.-G. CAPPOT DE FEUILLIDE.

## PARIS

URBAIN CANEL, ÉDITEUR

1826

IMPRIMERIE DE J. TASTU.

# VENDÉENNES

## ET

# CHANTS HELLÈNES

SUIVIS DE

## Poésies Diverses.

# IMPRIMERIE DE J. TASTU,
RUE DE VAUGIRARD, N° 36.

# VENDÉENNES

ET

## CHANTS HELLÈNES

SUIVIS DE

*Poésies Diverses*

PAR J.-G. CAPPOT DE FEUILLIDE.

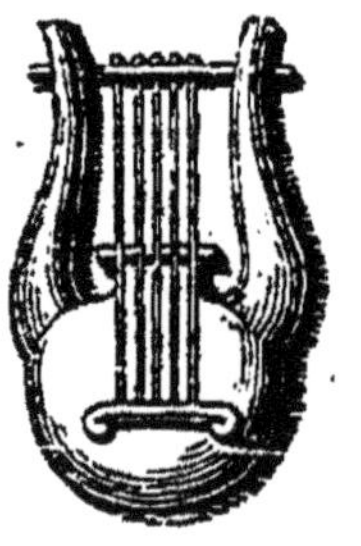

PARIS.

URBAIN CANEL, ÉDITEUR.

M DCCC XXVI.

# VENDÉENNES.

*Melius est nos mori in Bello quàm videre
mala gentis nostræ et sanctorum.*

I. Mach., chap. 3, v. 59.

« Quiconque a quelque goût de
» la vertu, aime à s'entretenir des
» hommes qui sont devenus illustres
» par de saintes adversités, et des
» devoirs accomplis. . . . . . . . .
. . . . . . . . . . . . . . . . . . . . . .
» Les noms immortels des Charette,
» des Cathelineau, des La Rocheja-
» quelin, des Bonchamps, des Stof-

4

» flet, des Lescure, des d'Elbéc,
» des Suzannet, et de tant d'autres,
» n'avaient pas besoin de nos éloges;
» mais du moins nous les aurons
» marqués dans cet écrit, comme
» le sculpteur inconnu qui grava le
» nom des compagnons de Léoni-
» das sur la colonne funèbre aux
» Thermopyles. »

LE VICOMTE DE CHATEAUBRIAND.
Notice sur la Vendée.

# Première Vendéenne.

## DERNIERS MOMENS
# DE BONCHAMPS.

*... Quomodò cecidit potens qui salvum*
*faciebat populum Israël?*

MACH., liv. I, ch. 9.

Grâce aux prisonniers ! Je le veux, je l'ordonne.

PAROLES DE BONCHAMPS.

BONCHAMPS, qui, selon l'expression
de M. de Châteaubriand , rappelait
toutes les vertus de Bayard , blessé à
mort de plusieurs coups de feu dans
la poitrine, à la bataille de Chollet, où
il s'était précipité dans les rangs de
l'armée républicaine, pour protéger la
retraite des paysans vendéens ; Bonchamps mourant et porté par ses soldats au milieu de la population entière
de la Haute-Vendée , fuyant vers la
Loire, d'où elle devait aller se perdre

dans les forêts de la Bretagne; le désespoir de tout un peuple chassé de ses foyers; ses regrets sur le héros en qui il avait le plus de confiance et qui mourait pour lui; ses cris de vengeance et de mort, lorsqu'il demandait, par voie de représailles , l'égorgement de six mille soldats républicains renfermés dans l'église de Saint-Florent; et au milieu de tant de scènes de désolation, Bonchamps apparaissant comme un ange sauveur et obtenant la vie des prisonniers : tout cela offre un des tableaux les plus touchans et les plus sublimes d'une guerre déjà si extraordinaire.

# Derniers Momens

# DE BONCHAMPS.

A M<sup>me</sup> LA COMTESSE ARTHUR DE BOUILLÉ.

Lorsque, dans les accès d'un coupable délire,
Un peuple novateur lui-même se déchire,
Et dans le sang des Rois renverse ses autels ;
Parfois, pour accomplir les décrets éternels,

Une tribu, restée aux vieilles mœurs fidèle,
Se lève du milieu de la race rebelle,
Et meurt, en protestant de l'amour pour son Roi,
Et de l'antique honneur, et de l'antique foi.
Telle fut la Vendée où l'homme du Bocage,
Seul, contre nos tyrans sut armer son courage,
Et, de sa longue lutte étonnant l'univers,
Rapporta tout à Dieu, sa gloire et ses revers.


Oui, si j'avais reçu la lyre du génie
Et des chants inspirés l'ineffable harmonie,
Peuple, deux fois martyr de ta fidélité,
Oui, je consacrerais à l'immortalité
Ces hameaux, ces déserts aux rives de la Loire
Où sont empreints les pas du géant de ta gloire.

Salut, terre fidèle et fertile en héros !
Peuple de la Vendée, honneur à tes tombeaux
Que la fille des Rois a baignés de ses larmes !
Voilà donc tous les lieux illustrés par tes armes.....


Là, combattait Stofflet ; là, d'Elbée accourut ;
Là, Charette vainquit ; Lescure, ici, mourut.
Là, pour armer ton bras ou protéger ta tête,
Du fer républicain tu faisais ta conquête ;
Là, sous Cathelineau, tombèrent les remparts
Où Saumur rappelait tous nos tyrans épars ;
Ici, tu les chassais de tes pauvres chaumières,
Et tu tournais contre eux leurs foudres meurtrières.
Voilà les bois épais, les abris de rocher
Où tes rangs éclaircis savaient se retrancher.
Là, lion indompté, te guidant au carnage,
La Rochejaquelin harangua ton courage :

« Si j'avance, dit-il, avancez sans effroi ;

» Tuez-moi, si je fuis ; si je meurs, vengez-moi ! »

Ici..... mais de Chollet les ruines fumantes,

Et du sang répandu les traces écumantes

Ont révélé ton sort à mes regards troublés.

Le beffroi retentit dans les airs ébranlés ;

La Vendée est en feu ; son peuple court aux armes,

Et, s'animant au son de la cloche d'alarmes,

Sous ses débris sacrés jure de s'engloutir.

Il ne lui reste plus que l'honneur de mourir.....

Il combat ; mais bientôt sous les feux du tonnerre

Il s'arrête, et le front prosterné vers la terre,

Le voilà, le rosaire et le mousquet en main,

Priant devant la croix sur les bords du chemin.

Il demande à son Dieu de vaincre et non de vivre.

Ah ! d'un plus saint espoir ce grand peuple s'enivre,

Si ses bras servant mal son généreux effort,

Si trahi par son glaive il n'arrache à la mort

Ses prêtres, ses vieillards, ses enfans et ses femmes,
Et s'il doit voir encor dévorer par les flammes
Ses moissons, sa cabane et ses temples sacrés.
— Debout, soldats chrétiens ! — Leurs bras désespérés
Font tonner coup sur coup les bronzes homicides
Sur le républicain et ses coursiers rapides.
Rien ne peut contenir leurs élans belliqueux :
Tout chancelle, pâlit, fuit ou meurt devant eux.
Mais la victoire, hélas ! échappe aux Machabées.
De leurs sanglantes mains les armes sont tombées.
Sur eux, de l'ennemi les lointains bataillons,
Ralliés tout-à-coup, fondent en tourbillons.
Accablés par le nombre, en vain leurs rangs se pressent
Sous les pieds des chevaux en vain ils se redressent ;
Ils luttent corps à corps, ils frappent du poignard....
— Braves ; pour triompher il est déjà trop tard.
Fuyez, ne cherchez plus un trépas inutile :
Au-delà de la Loire il vous reste un asile,

D'autres bois, d'autres champs, pour vos nouveaux

combats,

Là vous soulèverez un peuple de soldats :

Fidèles comme vous, les Bretons vous attendent ! —

Sur les rives du fleuve alors ils se répandent.

Mais quel est ce guerrier, qu'ils suivent en pleurant,

Et que sur des drapeaux ils portent expirant ?

Un prêtre le console, il lui parle et l'écoute ;

Et lui, sans être ému, voit tomber, goutte à goutte,

Les restes épuisés de son sang généreux,

Et la mort s'attacher à ses flancs douloureux.

Oubliant leurs revers et leurs propres alarmes,

Ses amis, ses soldats mouillent ses mains de larmes ;

Le glaive des guerriers, à son auguste aspect,

Une dernière fois s'incline avec respect.....
C'est Bonchamps, retiré du milieu du carnage.
C'est ce héros chrétien dont le noble courage,
Protégeant ses soldats sur des monceaux de morts,
Leur avait fait long-temps un rempart de son corps,
Et qui, percé de coups dans ce combat funeste,
Du peuple Vendéen voulait sauver le reste
Poursuivi par la foudre et le fer des vainqueurs.
Dieu! qui retracera tant de scènes d'horreurs?
Tout un peuple proscrit, des enfans et des femmes,
Des prêtres, des vieillards fuyant leurs toits en flammes
Et des soldats poussés sur de sanglans débris.....
A ce tumulte affreux, à leurs lugubres cris,
Succède quelquefois un silence farouche.
Ils admirent Bonchamps sur sa funèbre couche;
Ils attestent le ciel; ils pleurent le héros,
Et leurs regrets amers s'exhalent en ces mots :

« Il a roulé sur la poussière,
Pour nous il a voulu périr.
Soldats! prions pour le martyr :
Il cueille sa palme dernière.
Incline ta blanche bannière,
France! le héros va mourir.


Il meurt.... ah ! le dieu des batailles
De nous détourne ses regards.
Qui donc au sein des funérailles
Relèvera nos étendards ?


Pareils aux exilés sur les plages lointaines ,

Des aïeux, aux rives prochaines,
Nous n'emportons pas les tombeaux.
Loin des toits sacrés de nos pères,
Nous irons mendier les secours de nos frères,
Sous nos étendards en lambeaux.


Celui qui des tyrans a trompé la vengeance,
En vendant ses riches sillons
Pour secourir notre indigence,
Quand le feu dévorait l'espoir de nos moissons;


Celui qui visitait le blessé sous la tente,
Qui consolait la veuve et lui donnait du pain,
Reprochait aux guerriers leur valeur imprudente,
Et qui mêlait ses pleurs aux pleurs de l'orphelin,

Vient de rouler sur la poussière ;
Pour nous il a voulu périr.
Soldats ! prions pour le martyr :
Il cueille sa palme dernière.
Incline ta blanche bannière,
France ! le héros va mourir. »

Les prières, les pleurs, les regrets se confondent.
Mais de longs cris de mort tout-à-coup y répondent :
« Vengeons-le ! vengeons-nous, dit le peuple en
fureur :
Meurent ceux qui suivaient le parti du vainqueur,
Tous ceux qu'ont épargnés nos bras dans les batailles,
Ces milliers de captifs traînés dans nos murailles,

Et que dans notre exil nous n'entraînerons pas.

Pourquoi donc vivraient-ils? attachés à nos pas,

On les verrait bientôt, dans leur rage impunie,

Nous apporter la mort pour nous payer leur vie.

Que de fois, au mépris des droits les plus sacrés,

Nos frères, dans les fers, ont été massacrés!

Quoi! nos fils écrasés au seuil de nos cabanes,

Nos temples usurpés pour des cultes profanes,

Nos prêtres, nos vieillards lâchement égorgés,

Quand nous vivons encor, ne seraient pas vengés!!...

Mort aux républicains! » Ils disaient : et la terre

Retentit sous le poids de leur dernier tonnerre.

Ils entraînent leurs chefs, leurs soldats égarés,

Et six mille captifs vont être massacrés.


Mais à ces cris, Bonchamps, sur ses drapeaux en poudre,

A soulevé son corps sillonné par la foudre,

Déchiré par le fer, et dans le sang baigné ;

Promenant sur le peuple un regard indigné ,

Il ranime l'accent de sa voix défaillante,

Et les bras étendus sur sa couche sanglante :

« D'un si noir attentat ne souillez pas vos mains,

Dit-il ; n'imitez pas nos tyrans inhumains.

Français ! ne vengez pas des crimes par des crimes :

Ou vous serez maudits, ou le sang des victimes

Retombera sur vous et sur vos descendans.

Combattez !... mais laissez les forfaits aux tyrans.

O peuple de mon Roi ! soldats, vengeurs des temples !

Chrétiens ! le Roi martyr nous lègue ses exemples :

Il souffrit plus que nous, fut plus humilié,

Il pardonna pourtant !... l'avez-vous oublié ? »


Cette voix, tour à tour menaçante et plaintive ,

Qu'écoutait, en tremblant, une foule attentive ;

Ces accens solennels d'un cœur religieux,
Parlant d'humanité sur la porte des cieux,
Font succéder le calme aux transports de la rage :
Tel, à la voix de Dieu, se dissipe un orage.
La foudre est détournée, et le peuple attendri,
Maudissant sa fureur, fait retentir ce cri :
« Grâce! grâce! aux captifs il faut que l'on pardonne!
» C'est Bonchamps qui le veut! c'est Bonchamps qui
l'ordonnne! »

ace, maintenant! le héros va mourir.
Comme un dernier rayon du jour, près de finir,
Qui se glisse, incertain, à travers le feuillage ;
Comme un adieu plaintif de l'onde à son rivage,
Un sourire dernier, et vainqueur de la mort,

Des lèvres du héros vint effleurer le bord.
Etait-ce qu'il crût voir dans la voûte éternelle
Les anges préparer sa couronne immortelle?
Ou bien entendait-il, dans le vague des airs,
Les chants harmonieux des célestes concerts?....


Près de son lit de mort, pâles, versant des larmes,
Les guerriers sont debout appuyés sur leurs armes.
Les prêtres du Seigneur chantent l'hymne pieux,
Commencé sur la terre, achevé dans les cieux.
Mais le héros n'est plus..... L'airain sacré soupire ;
Et le peuple en prière au temple se retire.

Héros chrétien, martyr d'un noble dévoûment,
Ta cendre, bien des jours, resta sans monument !
Elle n'est plus enfin proscrite ou méconnue :
Le bronze a respiré, la toile s'est émue
Pour garder de ton nom l'immortel souvenir
Et retracer tes traits aux siècles à venir.
Les Rois à ton cercueil ont porté des offrandes ;
Les soldats des lauriers ; les peuples des guirlandes ;
Et moi, de la fortune enfant déshérité,
Je n'avais que mon luth, Bonchamps, je t'ai chanté !

# LE JEUNE EXILÉ.

*Super flumina Babylonis,*
*Illic sedimus et flevimus, cùm recordaremur Sion.*

PSAUME CXXXVI, V. I.

3

# Le Jeune Exilé.

## A M. LE MARQUIS DE PUIVERT.

A l'heure où de Vénus l'étoile solitaire,
De l'absence du jour vient consoler la terre,
Où les regards de l'homme, interrogeant les cieux
Découvrent dans leur sphère un sens mystérieux ;

Un jeune homme, un proscrit, pour adoucir sa peine,
Accordant sous ses doigts son luth harmonieux,
    Chantait sur la plage lointaine.
Le vent léger du soir prolongeait sur les flots
    Les sons exhalés de sa lyre,
Et, mêlée au doux bruit de l'onde qui soupire,
    Sa voix laissait tomber ces mots :

« O! qui me portera sur ta rive chérie,
    Terre antique de mes aïeux?
    O France! ô ma belle patrie!
    T'ai-je dit d'éternels adieux?


N'irai-je plus répandre en secret ma prière

Et chanter des hymnes de deuil
Dans le vallon, sur l'humble pierre
Qui couvre ma mère au cercueil?


Ne m'asseoirai-je plus au foyer où mon père
    Sur ses genoux souvent me fit asseoir,
Quand, pressant dans mes mains cette tête si chère,
    Je recevais les caresses du soir?


O vallons paternels! prés fleuris! bois tranquilles!
    Avez-vous retenu quelques sons de ma voix?
Que mes jours étaient purs dans vos rians asiles!
    Vous ai-je vus pour la dernière fois?


Qui me rendra ces lieux si chers à mon jeune âge,
                        ***

Ce limpide ruisseau dont les flots amoureux
De mes heureux parens entouraient l'héritage,
Du rossignol plaintif les chants mélodieux,
Et l'églantier en fleurs sur la roche sauvage,
Et le lac dont l'azur réfléchissait les cieux?


L'exil m'a tout ravi : mes voluptés secrètes,
L'ombre de mes forêts, et ces douces retraites
  Qu'embaumait le parfum des fleurs,
  Et cette chapelle rustique
Dont la ronce et le lierre assiégeaient le portique,
Mais où le ciel souvent consola des douleurs.


Près de-là s'élevait cet asile où mon père
Abritait, vers le soir, de pauvres voyageurs.
Que de fois j'y donnai le pain de la misère,

Qu'on me rend aujourd'hui sur la terre étrangère,
Et que je mouille de mes pleurs !


Et toi, que devins-tu, passagère hirondelle,
De ma demeure hôte fidèle,
Qui, dès l'approche des beaux jours,
Venais suspendre à la tourelle
L'heureux berceau de tes amours?


Ah ! si jamais vers cette plage,
Tu venais, comme moi, pour chercher d'autres cieux,
Compagne de l'exil, sur ce triste rivage,
Pour te garantir de l'orage,
Mon sein remplacerait le doux toit des aïeux.

Et vous, amis de mon enfance,
A-t-on frappé vos cœurs de douleur et d'effroi?
Êtes-vous exilés comme moi de la France?
Et dans l'exil, amis, dites-vous comme moi :


O! qui me portera sur ta rive chérie,
    Terre antique de mes aïeux?
    O France! ô ma belle patrie!
    T'ai-je dit d'éternels adieux!


    Prenant pitié de ma jeunesse,
L'étranger vainement pour charmer mon destin,
    M'offre la coupe du festin
    Et des plaisirs la folle ivresse :

Chantez-nous, me dit-il, de vos gais troubadours,
        La chanson joyeuse et naïve.
Mais ma lyre se tait, et ma voix est plaintive..... *
Entend-on, loin des bois, témoins de ses amours,
        Chanter Philomèle captive?


Des vierges ont paru, levant sur moi leurs yeux
        Pleins de douceur et d'innocence....
O vierges! j'ai perdu mon beau pays de France;
        Rien ne me plaît sous d'autres cieux.
        Non, non, pour mon ame flétrie,
Sur la terre d'exil il n'est plus d'heureux jours :
Rendez-moi le beau ciel de ma belle patrie;
        Je pourrai sourire aux amours.


* *Hymnum cantate nobis de canticis Sion. — Quomodò canta-bimus canticum Domini in terrá alienà ? ( P. cxxxv, v. 4 et 5.)*

Charme de mes ennuis, fais silence, ô ma lyre!
Fais silence un moment; n'entends-je pas gémir?
Est-ce le bruit du flot qui sur la plage expire?
　　Est-ce un regret? est-ce un soupir?


　　Mon père, ton ombre plaintive,
　　Quittant le séjour du bonheur,
　　Vient-elle errer sur cette rive
　　Près de ton fils dans la douleur?


O mon père! dis-moi : quand tu perdis la vie
Sous le fer des tyrans, dans la France asservie,
Quelle secrète voix consola ta vertu?
　　M'appelais-tu pour fermer ta paupière?
　　Pour recueillir ta parole dernière,
　　　O mon père, m'appelais-tu?

Que je te voie, ombre chérie !
Mais le bruit a cessé..... tu retournes aux cieux.
Que ne puis-je avec toi m'envoler dans ces lieux,
Où tous les exilés retrouvent leur patrie ? »

Ainsi le soir, on entendait la voix
Du malheureux proscrit qui regrettait la France :
Il priait, il pleurait ; et son ame parfois
De revoir sa patrie embrassait l'espérance.
Un jour, que ses regards s'étendaient sur les eaux,
  Il vit flotter au sein des mers profondes
Une blanche bannière et des lis pour signaux,
  Sur un vaisseau qui sillonnait les ondes.

Pour la terre de France il s'embarqua joyeux.

Il n'a plus reparu sur la rive étrangère :

Ses Rois avaient repris leur sceptre héréditaire ;

Mais lui, retrouva-t-il le toit de ses aïeux?....

S'est-il assis au foyer de son père?....

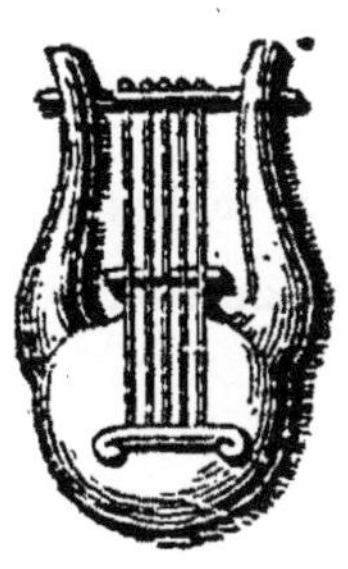

# LA MORT DE CHARETTE.

Je combattrai en soldat, je mourrai en chrétien.

**PAROLES DE CHARETTE.**

4

La Vendée semblait pacifiée par le traité de la Jaunaie. La plupart de ses généraux avaient péri dans les combats, ou avaient été livrés à des commissions militaires; Charette seul lui restait. Mais la Convention n'avait cherché qu'à tromper ce grand homme pour le désarmer. Elle ne tint point les conditions du traité, dont la principale était la remise des enfans de Louis XVI entre les mains des royalistes. Charette, éclairé trop tard, recommença les hostilités; mais la fortune l'avait abandonné; et la désertion, plus que les chances des combats, avait affaibli ses troupes. Après des prodiges sans nombre, des marches et des contre-marches qui déconcertaient les plans des généraux républicains, cet habile capitaine, abandonné, trahi, vendu par les siens, sans asile dans cette Vendée où il ne rencontrait plus que sa gloire, erra de bois en bois pendant plus de vingt jours. Ce fut là qu'un soldat qui lui était resté fidèle, le voyant dans un pressant danger, lui prit son chapeau garni du panache qui le distinguait, et lui dit dans un élan sublime : *Ils me prendront pour vous et me tueront* ! Il périt en effet. Malgré ses succès, la Convention fit offrir à Charette trois millions et le libre passage en Angleterre, s'il voulait s'y réfugier. Mais Charette aima mieux demeurer sur une terre malheureuse à laquelle il avait voué son existence. Bientôt après, blessé à la tête et à la main, il tomba de fatigue et d'épuisement, et fut pris par les républicains qui fondirent sur lui et le déchirèrent à coups de sabre.

Le chef de la Vendée livré à la soldatesque effrénée, offert à la brutale curiosité du peuple qui l'accablait d'outrages, fut traîné au son d'une musique militaire dans les rues de Nantes, où l'année d'auparavant il était entré comme en triomphe. Traduit devant une commission militaire qui le condamna à mort, il ne démentit point son noble caractère, et demanda les secours de la religion. Comme il avait éprouvé quelque répugnance à les recevoir d'un prêtre *assermenté*, l'ingénieuse piété de sa sœur lui prépara une consolation dernière : elle lui fit savoir qu'un prêtre se trouverait à la fenêtre d'une maison qu'elle lui désignait, et devant laquelle le cortége devait passer. Arrivé à cet endroit, Charette s'inclina pour recevoir la bénédiction, et à sa contenance noble et ferme, en même temps qu'à son air contrit et humble, il fut aisé de s'apercevoir qu'il ne se courbait que devant la seule puissance qu'il reconnût alors en France, celle de Dieu.

Arrivé au lieu du supplice, sans souffrir qu'on lui bandât les yeux, il découvrit sa poitrine et commanda lui-même le feu du peloton qui lui arracha la vie.

Jamais, dit M. de Châteaubriand dans son admirable Notice sur la Vendée, jamais capitaine depuis Mithridate, n'avait montré plus de ressources et de génie militaire. En immolant ce grand homme, la Convention crut avoir immolé à la fois la monarchie et la Vendée.

(Extrait des diverses histoires sur les guerres de la Vendée; et du Voyage dans cette contrée par M. Genoude.)

# La Mort
# DE CHARETTE.

## A M. Victor Hugo.

Ainsi, quand tout cédait aux oppresseurs du Tibre,
Quand, esclaves courbés devant les dictateurs,
De lâches citoyens livraient le peuple libre
Aux soldats du prétoire, aux faisceaux des licteurs,

Brutus, des triumvirs foulait aux pieds l'idole,

Et, des derniers Romains éveillant la fierté,

Vengeait les dieux du Capitole

Et mourait pour la liberté.


Ainsi, quand les tyrans de la France éplorée

Dans nos cités en deuil roulaient leur char de mort,

Des héros, qu'entourait une tribu sacrée,

Portèrent l'épouvante à des cœurs sans remord :

Armés au nom du Dieu qu'avaient servi nos pères,

Ils tombèrent martyrs à l'ombre de la croix,

Et, sauvant nos blanches bannières,

Vengèrent la France et nos Rois.


« Aux armes, Vendéens ! notre foi fut trompée,

» J'ai repris mes sermens... Tyrans, où donc est-il,

» Le jeune Roi captif promis à mon épée?

» Aux armes! pour venger sa mort ou son exil. »

Qui les a proférés, ces derniers cris de guerre,

Sur un sol dévorant et veuf de ses héros?

        Qui commande aux feux du tonnerre

        De s'éteindre au sang des bourreaux?


C'est le dernier des preux qu'enfanta la Vendée :

Charette survit seul à d'étonnans destins,

Et sa valeur encor, par les cieux fécondée,

Menace d'ébranler la salle des festins.

Du cercueil, à sa voix, tout un peuple se lève ;

Et fantôme agitant des ossemens meurtris,

        Pour punir il a ceint le glaive,

        Il s'est dressé sur ses débris !

Reconnaissez la voix aux tyrans si fatale : —
Soldats ! vaincre ou mourir ! — Grand Dieu ! la trahison
A déjà dispersé la phalange royale,
Et Charette n'a plus que sa gloire et son nom ;
Mais tout frémit encore au nom seul d'un seul homme :
Tel, d'Annibal trahi, désarmé, sans secours,

    Le nom seul épouvantait Rome,

    Et Rome avait proscrit ses jours.


Il fuit... c'est pour combattre ! Et la vingtième aurore
Le trouve sans abri dans de vastes forêts.
Il va, revient, s'arrête, il fuit, combat encore,
Comme un lion chassé de ses antres secrets.
Son panache brillant, long-temps l'effroi du crime,
Sert de but à la mort sur le front d'un soldat,

    Tombant volontaire victime

    Pour sauver le chef du combat.

Tyrans ! n'espérez pas que Charette s'exile.

Le guerrier Vendéen attend un sort plus beau :

De la terre étrangère il dédaigne l'asile...

Qui défend son pays y mérite un tombeau !

Que lui demandez-vous ? Laissez-lui son épée :

C'est l'arme des vieux Francs ; ne la soulevez pas !

    Elle échappe à sa main frappée,

    Elle pèserait à vos bras !


Pourquoi ces bruits de chars, ces concerts de victoire,

Ces soldats, ces licteurs ivres et chancelans,

Ce peuple déchaîné dans ces murs que la Loire,

En roulant sur des morts, bat de ses flots sanglans ?

O France ! libre enfin, proclame-t-on ta fête ?...

Non, de la liberté le jour n'a point paru :

C'est un supplice qui s'apprête ;
Le peuple esclave est accouru.


—Triomphe ! Il est captif… Hâtons ses funérailles…
Charette a succombé dans son dernier effort.
Son glaive enfin brisé dans le champ des batailles
Ne décrit plus le cercle où s'agite la mort. —
Il fut chargé de fers sur l'homicide arène ;
A son corps mutilé s'attachaient ses bourreaux.
      Ainsi la hache abat un chêne
      Et mutile ses longs rameaux.


Qu'il est grand d'insulter à l'oiseau de la foudre,
Aux mains d'un vil chasseur tombé du haut des cieux !
Epuisé, chancelant, noir de sang et de poudre,
Charette est entouré de licteurs furieux.

Il marche, poursuivi par des clameurs barbares,
Car le peuple accouru lâchement sur ses pas,
  Aux sons insultans des fanfares
  Mêlait les accens du trépas.


Insensé qui se fie à l'amour populaire !
Ce même peuple un jour le couronna de fleurs.
Rien n'abat du héros la fierté prisonnière,
Il ne murmure pas ; ses yeux n'ont point de pleurs.
Le captif fait pâlir l'orgueil de la victoire,
Quand Dieu lui fit un cœur plus grand que ses revers.
  Tyrans ! pour révéler leur gloire
  Les héros triomphent des fers.


Silence ! le guerrier s'incline et s'humilie :
Mais c'est devant Dieu seul... peuple ! Dieu seul est grand !

Un vieux prêtre proscrit, et que la hache oublie,
Le bénit dans la foule au nom du Dieu vivant;
Il a purifié l'héroïque victime,
Et l'ange du Martyre applaudit dans le ciel :
    Le chrétien que le monde opprime
    Est consolé par l'Eternel.


Ecartez ce bandeau, réservez-en l'outrage
Au front qu'on voit pâlir sous l'injure du sort.
Frappez!.. Et les soldats admiraient son courage.
Frappez!... Il leur donnait le signal de sa mort.
Sur deux lignes de feu les foudres éclatèrent;
Mais on n'entendit plus ni clameur, ni soupir.
    Les flots du peuple s'écoulèrent...
    Charette venait de mourir.

Alors, la royauté proscrite de la France,
Repliant ses drapeaux, cherche un refuge aux cieux
Jusqu'au jour où, des Rois éveillant la vengeance,
Dans son dernier essor, sublime, audacieux,
L'aigle du conquérant sous qui trembla le monde
Doit tomber, teint du sang de mille légions,
    Sur un rocher au sein de l'onde,
    Sous la flèche des nations.

# CHANTS HELLÈNES.

Nobles Grecs, votre cause, en vain dénaturée,
Est celle du malheur, toujours pure et sacrée.

ALEXANDRE GUIRAUD.

# Chant Premier.

## IPSARA.

Il est beau, quand le sort nous plonge dans l'abîme,
De paraître le conquérir !

Lebrun. — Ode au vaisseau LE Vengeur.

Les désastres d'Ipsara font frémir.
Une foule innombrable de femmes, d'enfans, de vieillards, fut égorgée, et la
mer apporta les cadavres mutilés aux
vaisseaux français mouillés sur ces tris-
tes parages. Sept mille têtes de Grecs,
plantées sur des piques ou attachées
aux mâts des vaisseaux turcs, traversè-
rent l'Archipel et furent envoyées à

Constantinople pour décorer les portes du sérail...... Et cependant l'Europe chrétienne a des ambassadeurs dans la ville de Constantin! Le capitan-pacha rassasié de carnage, et reculant, comme épouvanté, devant le nombre des victimes, offrit à ses spahis une somme d'or pour chaque prisonnier qu'ils feraient. Quelle clémence! Quel peuple que celui à qui il faut des cadavres ou des esclaves! Le cœur ne se repose de son indignation que pour admirer le dévouement sublime des Ipsariotes qui, trahis et sans espoir de vaincre, se renfermèrent dans l'église Saint-Nicolas, où, après avoir chanté les louanges du Dieu pour lequel ils avaient combattu, ils se firent sauter avec leurs ennemis. Quel cœur si mal fait n'a applaudi à la reprise d'Ipsara et aux justes représailles de la Grèce?

# Ipsara

## A M. AMÉDÉE DECAMPE.

Il reste au cœur né libre une sainte espérance.
Il est un meilleur monde, où, joyeux, il s'élance
Quand il sait défier la foudre et les revers,
Quand les transports sacrés de son brûlant délire

S'allument au bûcher où la patrie expire,

　　Secouant le poids de ses fers.


Oh! quelle ame attendra que le temps l'ait flétrie,

Si, d'un vol courageux, belle et pleine de vie,

Des caprices du sort elle peut s'affranchir?

Honte à qui vieillirait dans un troupeau d'esclaves!

Quand le jour est venu de briser ses entraves,

　　Honte à qui ne sait pas mourir!


Alcide, consumé par sa robe sanglante,

Trop certain de sa mort, la vit sans épouvante;

Pour son grand sacrifice il prépara l'autel:

Le voyez-vous saisir la torche incendiaire,

Et, se livrant lui-même au bûcher funéraire,

　　Mourir..... pour renaître immortel?

Sous ses toits embrasés, échappant à la honte,
Aux champs Ibériens, s'ensevelit Sagonte.
D'un peuple qui meurt libre entendez-vous les cris?..
Il s'appartient encor comme aux jours de sa gloire.
D'Annibal triomphant il trompe la victoire,
    En ne laissant que des débris.


Ainsi meurent tes fils, Grèce ressuscitée.
Toi, que chantait Byron ; toi, qu'enflamma Tyrthée,
Prête-moi leurs accens pour dire tes malheurs.
Que me fait que l'Europe ou t'accuse ou t'admire ?
C'est ton Dieu que tu sers ; c'est le mien !..Il m'inspire
    Des chants contre tes oppresseurs.


Ils foulent dans la cendre et ta gloire et ta vie.
Libre sous tes faux dieux, et, chrétienne, asservie,
          ***

Quand tu veux être libre on te laisse mourir.

A tes frères du Nord tu demandes des armes ;

De la pitié peut-être ils t'accordent les larmes,

    Mais ils n'osent te secourir.


Ne conservais-tu donc tes fontaines sacrées,

Ton poétique ciel, tes plages illustrées,

Que pour te voir en proie aux visirs avilis?

Dis-nous si tes beaux-arts, si ta première gloire

Dans l'oubli du passé, tels qu'une antique histoire,

    Devaient rester ensevelis?


Peuple Grec, sois loué ! Rentrant dans la carrière,

Ton bouclier vivant, ta jeunesse guerrière,

Sort enfin de la nuit des siècles écoulés :

Contre le Musulman, terrible, elle s'avance ;

Et tes illustres morts, aux cris de sa vengeance,
    Dans leurs tombeaux sont consolés.


Venge ta servitude et ta gloire flétrie.
Tout peuple doit s'armer pour sauver sa patrie.
Celui qui la défend, s'il consent à périr,
Frappe, aux champs de la mort, des coups plus
                                    redoutables
Que ne font les soldats des tyrans implacables,
    Réunis pour la conquérir.


La Grèce t'appartient : tu la peuples de braves.
Tes droits n'ont pas prescrit sous le joug des esclaves.
Lève-toi : ceins le glaive en ta mâle fierté,
Et que la croix, debout sur le bronze qui gronde,
Protége encore un jour, à la face du monde,

Le combat de la liberté.


Voilà tes ennemis, et voilà le rivage
Où leurs mille vaisseaux t'apportent l'esclavage.
De leurs flancs embrasés la foudre éclate et sort.....
Sur toi tombent ses feux, Ipsara malheureuse,
Tu dormais au long bruit de la vague amoureuse,
    Et ton réveil sera la mort.


O vierges d'Ipsara, vierges aux tresses blondes,
A l'heure où le soleil se lève sur les ondes,
Dans vos bosquets en fleurs plus de tendres sermens ;
Plus de cantiques saints sur la harpe sonore.;
Vous ne devez plus voir les rayons de l'aurore
    Frapper vos pieux monumens.

Sur la plage, où l'airain laisse de larges traces,
Sont tombés vos guerriers. D'autres prennent leurs
                                        places :
Le vieillard se ranime et combat dans les rangs ;
Les mères ont banni de honteuses alarmes,
Et, du soldat qui meurt ressaisissant les armes,
        Meurent sur leurs fils expirans.


Des morts amoncelés les vagues écumantes
Roulent avec horreur les dépouilles sanglantes.
L'ombre du vieil Égée en frémit sur ses flots.....
Et les corps dispersés de toutes ces victimes
Iront, sur d'autres bords, d'abimes en abîmes,
        Épouvanter nos matelots.

Voyez au haut des mâts ces têtes dégoûtantes,
Ces membres déchirés, et ces chairs palpitantes
Dont le sang, à grands flots, rougit les pavillons!..
Ce sont là les plaisirs des cruels janissaires.....
Pitié! voile ton front. Chrétiens! vengez vos frères,
     Vengez les droits des nations!


Oui, de l'or aux bourreaux pour payer leur clémence!
Et leur chef a promis d'acheter l'existence
De chaque Grec vivant ramené des combats.
Pacha! garde ton or, laisse la mort au brave :
Mourir libre est plus doux que de vivre en esclave!...
     Les Grecs attendent le trépas.


Épuisés, peu nombreux, mais toujours intrépides,
Ils bravent du vainqueur les bataillons rapides.

Bientôt, tels qu'un lion, pressé de toutes parts,
Qui marque en traits de sang sa course sur la terre,
Mais qui, terrible encore, entre dans son repaire,
    Les Grecs entrent dans leurs remparts.


Un temple les reçoit. Entendez dans l'enceinte :
« Chrétiens, il faut mourir ! que notre mort soit sainte.
» Le Seigneur nous délaisse : humilions nos fronts.
» Imitons de Souli l'immortel sacrifice.
» Dieu des chrétiens, descends sur cet autel propice :
    » Aux cieux nous te retrouverons. »


Et tous priaient leur Dieu. Mais, sous la voûte sombre,
Des soldats sont venus pour embraser dans l'ombre
Le soufre et le salpêtre entassés sous leurs pas.
Du temple avec orgueil les Grecs couvrent le faîte.

Mais pourquoi chantent-ils?.... Dieu! quels motifs
de fête....
Les Musulmans et le trépas?


—Qu'ils viennent! ont-ils dit.—Le Turc les environne.
Le salpêtre soudain s'allume, éclate et tonne;
Tout périt abîmé dans un gouffre de feux.
Chrétiens et Musulmans, par les foudres ardentes,
Avec les murs détruits et les cendres brûlantes,
Sont enlevés jusques aux cieux.


Reculant sur ses bords, la mer épouvantée
Bat de ses flots pressés la plage ensanglantée;
Le mont tremble et mugit; et, sur l'astre du jour
L'œil fixé, du sommet de son roc solitaire,
L'aigle a jeté des cris, et, fuyant de son aire,

Quitte les fruits de son amour.


Eh bien, farouche Ali, qu'as-tu fait de ta proie ?
Sur ton front sourcilleux laisse éclater ta joie ;
Pourquoi détournes-tu tes regards effrayés?
Invite le sérail à voir ces funérailles.
Viens compter tes soldats, épars sous ces murailles
Et mêlés aux Grecs foudroyés.


Tu fuis... Il n'est plus temps. — Vengeance ! — a dit
la Grèce ;
Et ses fils, répondant à son cri de détresse,
Accourent te chasser de leurs débris sanglans.
Souviens-toi de Chio ; vois, sur la mer profonde,
Vois ces légers esquifs, courant, volant sur l'onde :
L'incendie habite leurs flancs.

Torches de Canaris ! les Turcs vous reconnaissent.
Sous les flots, dans les airs, les feux vengeurs renaissent
— Lâches, ralliez-vous ! Défendez vos vaisseaux !
Mais contre la valeur le nombre est inutile,
Et les Grecs vous ont dit : Vous n'aurez pas d'asile
     Sur le vaste abîme des eaux. —


Poursuis, peuple martyr que l'on n'ose défendre !
Puisses-tu pour jamais renaître de ta cendre !
Mais, si tu dois tomber sous un dernier effort,
Ne laisse aux Musulmans qu'incendie et ravage :
Ils n'imposeront pas leurs dieux ou l'esclavage
     A l'autel fumant de la mort.

# Chant Second.

## CHANT D'AMOUR

### DU NAUTONNIER DE LA GRÈCE.

La liberté, l'amour sont à moi sur les mers.

SEPTIÈME STROPHE.

# CHANT D'AMOUR

## Du Nautonnier de la Grèce.

A MON AMI J.-M. CAPPÉ.

Oh ! viens sur la mer avec moi ;
Sois ma compagne, jeune fille,
Quand le soleil se lève et brille,
Moins pur, moins attendu que toi !

Sois ma compagne et mon étoile,
Quand les vents dorment sur les flots,
Ou quand les hardis matelots
Aux aquilons livrent la voile.


Tu vois que les saisons dans leur rapide cours
Changent, nous amenant une saison nouvelle,
Mais, sous tous les climats, l'ame tendre et fidèle
Va brûler des mêmes amours.


Que me font d'un pacha les sanglantes menaces,
Le courroux du flot mutiné,
Le midi, le nord et ses glaces,
Si ton cœur à moi s'est donné?

Viens donc sur le liquide empire !
La vie est près de toi, la mort où tu n'es pas.
Dans ma voile le vent soupire;
La vague berce mon navire,
Jeune fille, hâte tes pas !


Viens : tu ne pourrais plus, à l'aurore naissante,
Rêver près du Laôs, qui s'enfuit dans les bois :
D'un spahis l'audace pressante
Déchirerait ton voile, en étouffant ta voix.


L'Océan fut créé pour l'ame libre et fière ;
La terre, pour l'esclave endormi dans les fers ;

Mais, quand fuit ma barque légère,
La liberté, l'amour sont à moi sur les mers.


Là, nul regard ne nous épie;
Nulle oreille n'entend nos amoureux secrets;
La terre est oubliée... et les cieux sont muets!..
Là, rien que la vague assoupie
Ne réfléchira tes attraits.


Fais entendre ta voix, ô fille bien-aimée!
Le timide Alcyon n'en sera point jaloux;
Livre tes blonds cheveux à la brise embaumée,
Et dors au sein de ton époux.

Viens donc sur le liquide empire,

La vie est près de toi, la mort où tu n'es pas.

Dans ma voile le vent soupire,

La vague berce mon navire,

Jeune fille, hâte tes pas!

# POÉSIES DIVERSES.

Aimer, prier, chanter, voilà toute ma vie.

Alphonse de Lamartine.

# LA SOLITUDE.

# La Solitude.

A M. L.-A. DECAMPE.

Qu'un autre, sur les pas de l'aveugle jeunesse,
S'enivre du nectar d'un monde séducteur,
Et, vidant des plaisirs la coupe enchanteresse,
Espère échapper au malheur.

Pour moi qui, jeune encore, au tombeau vais descendre,
Du filtre empoisonneur je fus trop abreuvé :
Dans un désert obscur, je veux, je veux t'attendre,
        Bonheur du ciel que j'ai rêvé.


Forêts, lac azuré, solitude chérie,
Berceau de mon jeune âge, asiles d'un moment,
Cachez, cachez le soir d'une rapide vie,
        Jusqu'à l'éternel monument.


Vieux monts, rocs sourcilleux, devenus ma conquête,
Vous courbez sous mes pas vos fronts humiliés ;
La foudre qui gronda si souvent sur ma tête,
        Enfin, je l'entends à mes pieds.

Là , pour moi, l'univers ressemble aux mers profondes
J'aperçois mille écueils.....Mais où donc est le port?
Monde ! vaisseau pompeux qui flottes sur les ondes ,
    Ton pilote est l'affreuse mort !


Au penchant des coteaux , dans les vallons fertiles ,
Arbres hospitaliers , sous vos rameaux épais ,
Je trouve ce repos dont les vains bruits des villes
    Ne viennent point troubler la paix.


Je laisse errer mon ame en de vagues images ;
Je contemple le ciel orageux ou serein ;
Eternel, je t'adore, et bénis les ouvrages
    Sans nombre échappés de ton sein.

**✳✳**

Volupté du malheur, douce mélancolie,

Tu verses dans les cœurs tes biens mystérieux,

Vers ces heures du soir où le feu du génie

    S'exhale en sons mélodieux.


Un faible et doux rayon de l'astre du mystère,

Beau lac ! glisse incertain sur tes tremblantes eaux ;

Moi, j'endors ma douleur sur ton bord solitaire,

    Aux longs soupirs de tes roseaux.


Je suis d'un œil rêveur la feuille fugitive

Qu'entraîne l'aquilon ou l'inconstant zéphir :

Au terme de ses jours ainsi tout homme arrive.....

    En reste-t-il un souvenir ?

Mais dans l'air enflammé la rapide tempête
Gronde, éclate et mugit au fond des bois déserts :
Le dieu qui la soulève est le dieu qui l'arrête...
    Allons prier pour l'univers !


Le tintement lointain de la cloche rustique
Retentit et se mêle au long fracas des vents.
Je vais porter mes vœux au sanctuaire antique :
    Le ciel y parle à ses enfans.


Là, seul, je prie encor quand le peuple s'écoule.
Exhalez-vous, accens, soupirs religieux !
Larmes, plaisirs du cœur que dédaigne la foule,
    Dieu vous sourit du haut des cieux.

Salut! modeste croix, enceinte consacrée
Où dorment les aïeux et les fils du hameau!
Voyageur dans l'exil, sur leur cendre honorée,
    Je rêve au calme du tombeau.


Ils ont vécu des jours de deuil et de misère;
Mais l'espoir, comme à nous, leur montra le réveil.
Sur la foi de son Dieu, dans le champ funéraire,
    Heureux qui trouve leur sommeil.


Nature! saints autels! avenir! espérance!
Charmes des premiers ans par le monde détruits,
Rendez-moi tous vos dons! de ma frêle existence
    Bercez encore les ennuis!

Sur mes lèvres alors brillera le sourire :
Vos biens me suffiront dans ces terrestres lieux ;
Car le bonheur sans fin que mon ame désire,
Je ne l'attends que dans les cieux.

# L'ESPAGNOL FIDÈLE.

A MON PÈRE.

Aux lieux où des monts de Pyrène
S'élève jusqu'aux cieux la formidable chaîne
Dont les frimas assiégent les sommets,
Sur ces vieux rocs, blanchis de neiges éternelles,

9

Que les pas d'un mortel ne foulèrent jamais,
    Où l'aigle seul vient abattre ses ailes,
      Un jeune habitant du vallon
      Fixait sa course vagabonde;
Il se plaisait au bruit du noir torrent qui gronde,
Mêlé, dans la tempête, au bruit de l'aquilon.


      Soudain, son oreille attentive
Entend des cris lointains apportés par les vents;
      Et bientôt d'une voix plaintive
      Il a reconnu les accens.


O douleur!.... un guerrier se traînait avec peine,
Appuyé sur un fer brisé dans les combats;
Et parfois il portait ses regards vers la plaine
Couverte de drapeaux, d'armes et de soldats.

Mais, près de succomber, l'infortuné s'arrête.
Il s'assied haletant sur un roc fracassé,
        Noirci des feux de la tempête ;
        Et repose son corps lassé.


        Il jette au loin son cimeterre,
Dont le poids désormais surchargerait sa main ;
Et des gouttes de sang, s'échappant de son sein,
        Tombent plus lentes sur la terre.


Vers les champs de Castille il a tourné les yeux.
Rappelant dans son cœur quelque reste de vie,
        Le guerrier pleurait sa patrie ;
Sa patrie en ces mots recevait ses adieux :

— O malheureux, qui fuit aux terres étrangères !
Oh ! combien dans l'exil les larmes sont amères !
Le ciel de la patrie est si doux et si beau !
　　Heureux qui peut y trouver un tombeau
Et réunir sa cendre aux cendres de ses pères. —


— Guerrier, lui dit l'enfant, sous nos toits abrité,
Aux foyers paternels, dans ma douce retraite,
　　Viens goûter l'hospitalité :
Ne crains pas que le fer y menace ta tête.


　　— Non ! ici j'attends le trépas ;
Je ne dois plus revoir mon Espagne chérie..... .
　　O jeune enfant, ne me console pas :

Laisse-moi pleurer ma patrie.


Immolant le vieillard et l'enfant au berceau,
Ivre de sang et de carnage,
Un barbare vainqueur incendie et ravage
Dans nos cités qu'il change en un vaste tombeau.
Que vas-tu devenir, malheureuse Ibérie?
Dieu te ravit la palme des combats !
O jeune enfant, ne me console pas ;
Laisse-moi pleurer ma patrie.


En vain pour la sauver j'ai cherché le trépas ;
J'ai de mon sang abreuvé la campagne,
Et les sentiers de la montagne
Gardent la trace de mes pas.
Vois-tu, vers la terre lointaine,
***

Ces soldats épars dans la plaine,

Et presque tous frappés de mort?....

J'étais un de leurs chefs.... Mais, trahi par le sort,

J'ai vu tous les vengeurs de l'Espagne asservie

Tomber sous les feux des combats,

Ou vendus à la tyrannie,

D'un despote insolent accompagner les pas......

O jeune enfant, ne me console pas :

Laisse-moi pleurer ma patrie !


Fatale mort, éloigne-toi :

Oh ! combien maintenant tu me parais cruelle !

Je veux, je veux encor, défenseur de mon roi,

M'élancer dans les champs où le glaive étincelle,

Où sont de mes soldats les glorieux tombeaux.....

Mais, affaibli, mon corps chancelle,

Il attend son dernier repos.

Non, je ne puis te suivre au foyer tutélaire.....
    Va, jeune enfant, va rejoindre ton père.
De ton retour, peut-être, accusant la lenteur,
    Il gémit de ta longue absence :
Tu ne sais pas encor combien par sa présence
    Un fils peut calmer de douleur.
Ne tarde plus.... La nuit étend son voile sombre
Un jour douteux à peine éclaire ton chemin.
Adieu, si de mes jours le ciel accroît le nombre,
    Près du guerrier songe à venir demain.—


    Et l'enfant s'éloigna..... Mais l'aurore nouvelle
    Des jours de l'Espagnol fidèle
    Avait éclairé le dernier ;
    Et non loin des champs de l'Ibère,

J'ai vu la tombe solitaire
Où dort le fidèle guerrier.

# A LA JEUNESSE

FRANÇAISE.

Ecoutez!... ma lyre s'éveille.
Dans les visions de la nuit,
Un songe affreux à mon oreille
D'une voix a porté le bruit.

Mes cheveux soudain se dressèrent,
Agités, mes membres tremblèrent,
Un esprit devant moi passait;
Il m'anima d'un saint délire,
Et je répète sur ma lyre
Les vérités qu'il m'annonçait.


L'impie a dit dans son ivresse :
— La terre et les temps sont à moi.
Ne croire à rien, c'est la sagesse;
Ma volonté seule est ma loi. —
Outrageant Dieu qui l'humilie,
D'une abjecte philosophie
Il revêt le manteau glacé....
Malheureux! blasphémant encore,
Déjà la tombe le dévore,
Et le Temps lui-même a passé.

Mais toi, de ces hommes perfides,
O Jeunesse ! ô nouvelle fleur !
Redoute les souffles arides
Qui ne sèment que le malheur.
Déshéritant leur existence,
Ces malheureux à l'espérance
Disent un éternel adieu ;
Et leurs flambeaux, dans les ténèbres,
Pareils à des torches funèbres,
Ne nous montrent jamais un Dieu.


C'est pour ces crimes qu'aux athées
Dieu livra la patrie en deuil :
Les nations épouvantées
Erraient comme aux bords d'un cercueil.

Dans le délire qu'elle enfante,

Toujours superbe et renaissante,

L'erreur entraînait à l'erreur.

Et les tyrans, dans leur faiblesse,

Chancelans comme dans l'ivresse,

Fondaient leurs droits sur la terreur.


Ainsi se détruira lui-même,

Dans le désordre et dans l'effroi,

Le peuple dont l'orgueil suprême

S'est dit : Nul n'est égal à moi !

Malheur à vous, peuples perfides !

Vous, dont les trésors homicides

Portent la mort à vos rivaux !...

En revers la gloire est féconde :

Rome n'est plus l'effroi du monde,

Tyr n'est plus la reine des eaux.

Peut-être, du crime des pères
Le ciel punissant les enfans,
De châtimens héréditaires
Frappera-t-il nos descendans?..*.
Non, non : l'éternelle justice,
Satisfaite par un supplice,
Pardonne à la postérité,
Alors qu'elle se purifie,
Et s'abreuve aux sources de vie
D'où jaillit l'immortalité.


Réveillez-vous, harpes sacrées,
Commencez le concert divin !

*Delicta majorum, immeritus, lues. (Hor.)

Que de vos cordes inspirées

S'élève à Dieu l'hymne sans fin !

Accourons, enfans de la France,

Notre Roi parle d'espérance,

A sa voix tombons à genoux ;

Et que, prosternés dans le temple,

De l'Éternel qui nous contemple

Nos pleurs éteignent le courroux !


Dans les cieux est ton origine,

Jeunesse, espoir de ton pays ;

Remonte à la source divine

Par qui tous les maux sont guéris ;

Adore en tremblant le nuage

Qui du Très-Haut couvre l'image

Et les mystères de l'autel :

Un jour, dans Juda se séchèrent

Les mains profanes qui touchèrent
L'Arche-Sainte de l'Éternel.


Accomplis la loi de ton être,
Mais Dieu t'en cache les secrets....
Que te ferait de les connaître?
Pourrais-tu changer ses décrets?
Des passions les vils esclaves
Te diront que par des entraves
On flétrit ton cœur abattu;
Ne crois pas à leur voix parjure :
Le bonheur, c'est une ame pure!
La liberté, c'est la vertu!


Mais de la loi qu'il a tracée
Dieu nous doit-il montrer la fin?

Quoi ! l'Éternel à la pensée
Ne pourrait imposer un frein ?
Lui, dont la sagesse profonde
Disait en veillant sur le monde,
A sa voix sorti du chaos :
Océan ! voilà les rivages
Où tu verras dans tes orages
Se briser l'orgueil de tes flots.


Les mondes à l'intelligence
Révèlent de nombreux bienfaits.
Médite leur magnificence,
Demande-leur qui les a faits,
Quel pouvoir féconde la terre ?
Quelle main lance le tonnerre ?
Tout répond : Dieu m'a formé,
Lui seul commande à la nature,

Il n'a ni terme ni mesure,

Et son souffle a tout animé.


L'instinct sacré qui te dévore

Devance ton éternité.

Tu voudrais voir briller l'aurore

De l'immortelle vérité.

Attends : ce globe de matière

Ne renferme pas la lumière,

Étincelle du vrai soleil.

Attends ce jour d'une autre vie :

La terre n'est pas ta patrie,

Et ta mort n'est pas sans réveil !


Pensers heureux ! sainte espérance !

Que m'offrait l'esprit du Seigneur,

Consolez-moi de l'existence
Par l'attente d'un jour meilleur.
Grand Dieu! pour mon ame affaiblie,
Dans le calice de la vie,
Prépare l'absynthe et le fiel ;
Tu peux frapper, frapper encore,
C'est toi, toujours toi que j'implore...
Ma récompense est dans le ciel !

# LE TEMPS.

*

Dieu seul est toujours le même, et ses
années ne finissent point.

MASSILLON.

# Le Temps.

A M. B. TAJAN.

Aux bords de l'horizon la lune suspendue
De ses pâles lueurs éclairait l'étendue.
Les vents dormaient sur l'onde ; et dans un lointain pur
L'Océan reposé roulait ses flots d'azur.

Le pavillon des cieux resplendissait d'étoiles;
Et ces feux qui des nuits ont parsemé les voiles,
De la création magnifique ornement,
En chœurs silencieux, de l'aurore au couchant,
Déroulant mollement leur brillante carrière,
Paraissaient à mes yeux des îles de lumière
Qui flottent dans l'azur sur un autre Océan.


Quel homme à cet aspect rêverait le néant?
Oh! qui peut contempler leur marche solitaire,
Et, pensif, ramener ses regards vers la terre,
Sans brûler des désirs qui sur leurs ailes d'or
Au céleste séjour ravissent notre essor?...


Seul, au penchant des monts qui dominent les ondes,
Je méditais les lois qui gouvernent les mondes,

Mes regards inquiets embrassaient l'univers;
Pleurant sur nos ennuis, sur nos affreux revers,
J'osais, de l'homme à Dieu franchissant la distance,
Demander au Très-Haut pourquoi dans l'existence
Sans cesse la douleur s'enchaîne à la douleur;
Si jamais le soleil n'éclaire un jour meilleur?
Si la mort pour toujours a conquis la nature?
Et dans l'air tout-à-coup s'élève un lent murmure;
C'est la voix de l'airain dont les sons éclatans
Semblent sous le marteau compter les pas du temps.
J'écoute.... mais hélas! la cloche funéraire
Annonçait aux mortels qu'un malheureux, un frère,
Exilé comme nous sur la terre des pleurs,
Déposait au tombeau le fardeau des douleurs.
A ces sons prolongés, on eût dit qu'un génie
Commençait dans les cieux la funèbre harmonie,
Les hymnes inconnus et le chant solennel
Qui précèdent une ame aux pieds de l'Éternel.

Mais du lugubre airain l'accent mélancolique
Retentit à mon cœur comme un cri prophétique.
Dans la nuit du passé je cherche l'avenir :
L'avenir?.. c'est la mort! Tout naît, tout doit mourir.


De rêves mensongers caressant la chimère,
Hélas! trompé toujours, l'homme toujours espère.
Cependant, ô mortel! le temps échappe et fuit :
Et tu dis dans ton cœur, quand la mort te poursuit,
De l'aurore à la nuit, de la nuit à l'aurore,
Renvoyons le réveil : qu'importe un jour encore!
Qu'importe!... ignores-tu ce que vaut un instant?
Va, cours le demander à cet homme expirant;
Sur ce lit de douleurs où son ami le pleure;
Entends comme il demande une heure! encore une heure!

Comme il voudrait alors qu'ils lui fussent rendus
Ces rapides momens dans le passé perdus,
Et dont il reste à peine une image tracée
Sans éclat, sans couleurs, comme une ombre effacée!

Trop aveugles mortels, sortons de notre erreur,
Détachons nos désirs de ce monde trompeur,
Où du bonheur jamais ne doit naître l'aurore!
Ses amours, ses plaisirs passent avant d'éclore,
Ses plus longues ardeurs durent à peine un jour,
Ses honneurs si vantés s'éclipsent sans retour!
Grâces, beauté, jeunesse, éphémère assemblage,
Idoles des humains, déjà la main de l'âge
Sur vous passe rapide, avec ses doigts glacés,
Et moi je cherche en vain vos attraits effacés;
J'aperçois d'autres fleurs, comme vous fraîches, belles,
Qui tombent à leur tour devant des fleurs nouvelles.

Je vois pâlir ce front où siégeait la candeur,
Et ces traits qu'animait une aimable pudeur,
Et languir ces regards, éloquens interprètes,
Où se peignait le cœur et ses flammes muettes.
A vos amours succède un éternel oubli ;
Sous ses rides le temps a tout enseveli.


Empire, gloire, honneurs, peuples, pouvoir suprême,
Le Temps emporte tout : les autels, les dieux même !
Des prêtres ne vont plus interroger le flanc
Des animaux tombés sous le couteau sanglant,
Ou dans le Panthéon encenser une idole.
L'aigle ne plane plus au haut du Capitole !
Thèbes, Lacédémone, Athènes, Marathon,
Que reste-t-il de vous? hélas ! à peine un nom,
Des pierres, des tombeaux sous des ronces stériles,
Et l'ombre des trois cents aux rocs des Thermopyles.

Athènes, montre-moi ton brillant Parthénon !
Où donc est la tribune? à la voix de Zénon
Tes fils vont-ils bientôt s'assembler au portique?
Je crois voir s'élever la poussière olympique !...
Vains songes, faux espoir ! ô malheureux pays,
Le silence et la mort règnent sur tes débris...
Mais un cri généreux de ces tombeaux s'élève,
Un cri de liberté!... Fils de la Grèce, achève :
Sois libre ou meurs ! ton glaive est l'effroi du turban,
A son tour doit tomber l'empire du sultan !


Quelques ans sont passés... et, jouet des tempêtes,
La France a vu tomber aussi de nobles têtes ;
Des dieux mortels du trône au cercueil repoussés,
Leurs temples abattus et leurs fils dispersés.
Et toi, fléau de Dieu ! qui fis trembler la terre
Aux sinistres éclats de ton brûlant tonnerre,
**

Usurpateur assis au palais de nos Rois,

Soldat, qui ne connus que l'épée et tes lois,

Léguant à l'avenir un forfait et ta gloire,

Tu fus précipité de ton char de victoire,

Et le sceptre glissa de ta sanglante main.

Tu croyais à ton joug soumettre le destin;

Le destin t'abattit.... Sous une étroite pierre,

A peine on trouverait aujourd'hui ta poussière.

Ton nom remplit le monde.... Et sur le roc désert,

Au pied de ton cercueil vient se briser la mer.


Encore quelques jours... et l'éternel orage

Aura déjà battu les heureux de notre âge;

Leur éclat, leurs noms même, et leurs palais pompeux,

Oubliés à jamais, seront tombés comme eux.

Ainsi, l'on voit toujours le Temps infatigable,

Armé par le Très-Haut d'un glaive inévitable,

Frapper tous les mortels qu'il chasse devant lui;

Et l'homme d'autrefois et l'homme d'aujourd'hui,

Renouvelés sans cesse aux foyers de leurs pères,

A l'homme renaissant raconter leurs misères.

Mortels, nous passerons par le même chemin,

Et nos fils à leurs fils légueront ce destin,

De douleur et de mort éternel héritage.


La nature du Temps subit aussi l'outrage.

Dans nos prés desséchés vois l'herbe se flétrir,

Au souffle des autans, la fleur des champs mourir,

Et du rapide été se faner la couronne,

Et jaunir et tomber le feuillage d'automne.

Le volcan perd ses feux; et le vieux mont tremblant

S'ébranle sur sa base et s'écroule en roulant.

Des regards du Très-Haut éclatante étincelle,
Soleil, tu dois rentrer dans la nuit éternelle!
Dans ce triste univers abîmé sans retour,
Le matin reviendra sans ramener le jour;
Et l'Océan fougueux, qui, par tant de tempêtes,
A puni des mortels l'audace et les conquêtes,
Avec les élémens perdus dans le chaos,
Ne soulèvera plus le courroux de ses flots.
Des mondes l'artisan et le maître suprême
Qui, tirant tout de lui, ne doit tout qu'à lui-même,
Rappelle l'univers et l'homme dans son sein.
Immuable lui seul, et vainqueur du destin,
Il voit rouler le monde au milieu des orages
Et seul reste éternel sur les débris des âges.


Seul, tu survis à tout! Je te loue, ô mon Dieu!
Mais quand l'homme au soleil dit le dernier adieu,

Son être tout entier tombe-t-il en poussière?
Ce flambeau, cet esprit, ce souffle de mystère
Qui sentait, agissait, pensait, vivait en lui,
S'éteint-il à la mort? pour jamais a-t-il fui
Du corps qu'il animait, et, comme lui fragile,
Doit-il mourir captif dans sa prison d'argile?....
Non, tu ne mourras point, ame, flambeau divin !
Dieu même t'anima du souffle de son sein,
Te créa pour aimer, te fit à son image....
Ah ! voudrait-il briser son plus parfait ouvrage?
Non, non. L'esprit de feu qui s'élançant vers toi,
Seigneur, comprit ta gloire et ta sublime loi,
Ne sera pas détruit. Dans les cieux, sa patrie,
Il doit continuer son éternelle vie ;
Et là, trouvant l'objet de ses vagues désirs,
Et ces biens qu'ici-bas appelaient ses soupirs,
Adorer le Très-Haut, redire ses louanges
Et mêler ses concerts aux saints concerts des anges

Qui donc m'a révélé ce glorieux destin?
Sainte Religion, étoile du matin,
C'est toi qui, m'accueillant au seuil de l'existence,
As versé dans mon sein cette douce espérance.
Tu promets le bonheur, et tu ne trompes pas,
Tu le montres encore au-delà du trépas,
Tu ravis à la mort ce qu'elle a de funeste,
J'adore tes bienfaits, messagère céleste :
L'espoir des opprimés et l'effroi des pervers,
Tu fais trembler le sceptre et consoles des fers!
Des hommes, en passant, l'audacieuse ivresse,
Sans t'ébranler jamais, te heurtera sans cesse ;
Tu verras s'abîmer les peuples et les Rois
Jusques aux jours prédits où l'immortelle croix,
S'élevant de la terre, aux voûtes éternelles,
Ombragera du Christ les légions fidèles.

Qu'un autre maintenant ne puisse sans pâlir
Voir passer la beauté, la nature languir,
L'univers chanceler sous les coups de la foudre,
Les peuples s'éclipser, les héros dans la poudre,
Et le Temps sous ses pas entr'ouvrant le cercueil
Où tombent confondus la faiblesse et l'orgueil ;
Pour moi, près de vous perdre, amours, gloire éphémère,
Bonheur, rêves d'un jour, jeunesse passagère,
Je n'exhalerai pas un regret, un soupir ;
Dieu vous avait donnés, et Dieu veut vous ravir !...
Que sa loi s'accomplisse... O mort, étends tes ailes,
Viens, viens me délivrer de mes chaînes mortelles !
Sur les âges détruits j'attends l'éternité :
Pour un chrétien, la mort, c'est l'immortalité !

# LA JEUNE FILLE.

Elle aimait avec ardeur, mais il n'y avait rien de terrestre dans son amour... Elle aimait... un de ces êtres de race angélique qu'elle avait vu souvent dans ses rêves.

THOMAS MOORE,
Poëme des Amours des Anges.

# La Jeune Fille.

## A M<sup>lle</sup> FÉLICITÉ DE M........

« Viens, viens, ô ma jeune compagne,
Reposons-nous sous ces berceaux :
L'ombre s'étend dans la campagne,
Et du sommet de la montagne
Le pâtre emmène ses troupeaux.

Bientôt, les fleurs demi-fermées
Vont s'ouvrir aux brises du soir ;
Par ces haleines embaumées
Que leurs tiges soient ranimées,
Comme les ames par l'espoir.


Le rossignol dans le bocage
Chante l'amour et le printemps,
Libre et joyeux sous le feuillage ;
Mais ces biens, qu'on rêve au jeune âge,
Sont-ils promis à nos beaux ans ?


Sais-tu, ma sœur, si dans ce monde
Qu'habitent, dit-on, les plaisirs,

Fugitifs, hélas! comme l'onde,
Le cœur goûte une paix profonde,
Ou s'il languit dans les désirs?


Si toujours triste et solitaire
La vierge, aux regards pleins d'attraits,
Appelle en vain dans le mystère
L'être ignoré qui sur la terre
Doit comprendre tous ses secrets?


Sens-tu la vague inquiétude
Te révéler un sort meilleur?
Dis-moi, la prière et l'étude
Peuplent-elles la solitude
Où le ciel délaisse ton cœur?

***

O ! dis-moi, ma fidèle amie,
Quand le sommeil ferme tes yeux,
Sous la forme d'un beau génie,
Jamais, une image chérie
Descend-elle pour toi des cieux ?


Et puis, quand arrive l'aurore
Dissipant ton songe qui fuit,
Comme une ombre qui s'évapore,
La cherches-tu long-temps encore ?
Alors, désires-tu la nuit ?


Vois-tu l'étoile radieuse
Qui brille à l'horizon lointain ?
Un soir, ma paupière rêveuse

Dans sa lueur mystérieuse
Cherchait à lire mon destin.


De sa sphère de pure flamme
Un ange descendit vers moi.
De mes jours il nouait la trame,
Son ame comprenait mon ame,
Plus tendre et plus aimant que toi.


Moi, j'aimais son chaste délire,
De sa voix les sons enchantés,
De son regard le doux empire,
Et de son bien plus doux sourire
Les ineffables voluptés.

Il m'appelait sa chère vie,
Et de noms créés pour les dieux;
A ses vœux mon ame asservie
Aurait voulu se voir ravie
Dans l'espace immense des cieux.


Au sein de la voûte étoilée,
Et l'un de ces astres brillans,
Si je pouvais, pauvre exilée,
Des rayons du soleil voilée,
Réfléchir ses feux scintillans;


Je trouverais dans cette sphère
Tous ces biens qu'on ne connaît pas
Au monde vide et solitaire,
Ces langueurs pleines de mystère

Qui n'ont point de noms ici–bas,


Ces trésors de joie et de vie
Où ne se mêle point de fiel,
Ces délices, cette harmonie,
Et cette espérance infinie
Dont les secrets ne sont qu'au ciel. »


Ainsi, près d'un château gothique
Parlait la vierge des vallons,
Assise sous le chêne antique,
Et sur son front mélancolique
De Phébé tombaient les rayons.


L'or mouvant de ses tresses blondes

Flottait en ondoyans anneaux,
Comme au sein des forêts profondes,
Du saule incliné sur les ondes
S'agitent les jeunes rameaux.


Sa voix était douce et plaintive,
Et l'azur colorait ses yeux
Voilés par la pudeur craintive;
Elle était aimable et naïve,
Comme un ange venu des cieux.


Son cœur, plein d'un feu qu'elle ignore,
Se consumait en vains désirs,
Cherchant, de l'une à l'autre aurore,
Cet être idéal qu'elle implore,
Ce vague objet de ses soupirs.

Bientôt, la rose printanière
Au vallon cesse de fleurir,
Du soleil la pâle lumière
Annonça la saison dernière,
Et l'on vit la vierge mourir.


Elle mourut sans être aimée.....
Dans le désert la tendre fleur,
Ainsi, sous la zône enflammée
Languit et tombe inanimée,
Loin des regards du voyageur.


On dit qu'à son heure dernière
Un nouveau songe la charma,

Et que sa débile paupière
Cherchait encore la lumière
De cette étoile qu'elle aima.

# NOTES.

# Notes



## DE LA PREMIÈRE VENDÉENNE.

### VERS 13, PAGE 10.

Ces hameaux, ces déserts aux rives de la Loire
Où sont empreints les pas du géant de ta gloire.

Bonaparte, qui se connaissait en choses extraor
dinaires, avait surnommé les Vendéens *le peupl*
*des Géans.*

### VERS 2, PAGE 11.

Peuple de la Vendée, honneur à tes tombeaux
Que la fille des Rois a baignés de ses larmes!

Voyage de madame la Dauphine, alors duchesse d'Angoulême, dans la Vendée où cette auguste princesse fléchit le genou sur les tombes vendéennes, et reçut de ce peuple héroïque tant de témoignages d'amour.

### VERS 1, PAGE 12.

« Si j'avance, dit-il, avancez sans effroi ;
» Tuez-moi, si je fuis; si je meurs, vengez-moi. »

L'antiquité ne nous a pas transmis de plus belle harangue que ces belles paroles de Henri de La Rochejaquelin à ses soldats : « Si j'avance, suivez-moi; si je recule, tuez-moi; si je meurs, vengez-moi! » (Vicomte de Châteaubriand. )

Le voilà, le rosaire et le mousquet en main ,
Priant devant la croix sur les bords du chemin.


Le pieux Lescure commandait les Vendéens qui s'avançaient vers une batterie républicaine qu'ils voulaient enlever. Une croix de mission se trouve sur la route ; les Vendéens posent leurs armes, se mettent à genoux et disent le chapelet à haute voix. Un officier veut les faire relever. Laissez-les faire, dit Lescure, et il pria avec eux. La batterie ne cessa de faire feu ; mais les boulets et la mitraille passaient par-dessus leur tête. Le chapelet achevé : En avant, mes amis, leur dit le pieux général, les *bleus* ne savent pas tirer. Ils se levèrent, et la batterie fut emportée. Doit-on s'étonner des faits d'armes merveilleux d'un peuple qui avait une manière si sublime de combattre !

VERS 11, PAGE 13.

Sur eux, de l'ennemi les lointains bataillons,
Ralliés tout-à-coup fondent en tourbillons.

La Convention épouvantée fit marcher contre les Vendéens les soldats de la garnison de Mayence ; c'est à eux que Beaupuy et Westermann durent la victoire de Chollet.

VERS 9, PAGE 16.

Qui donc au sein des funérailles
Relèvera nos étendards?

« Bonchamps était de tous les chefs vendéens » celui en qui ils avaient le plus de confiance, qu'ils » aimaient le mieux et qu'ils suivaient le plus vo- » lontiers. » ( Extrait d'une lettre d'un représentant du peuple à la Convention , citée dans la notice sur la Vendée par le vicomte de Châteaubriand. )

VERS 6, PAGE 17.

Celui qui des tyrans a trompé la vengeance,
 En vendant ses riches sillons
 Pour secourir notre indigence,
Quand le feu dévorait l'espoir de nos moissons :


Bonchamps vendit le patrimoine de ses pères pour soutenir ses compagnons d'armes. (Vicomte de Châteaubriand.)

VERS 11, PAGE 17.

Celui qui visitait le blessé sous la tente,
Qui consolait la veuve et lui donnait du pain,
Reprochait aux guerriers leur valeur imprudente,
Et qui mélait ses pleurs aux pleurs de l'orphelin.


Il adressa un jour des reproches sévères au jeune et étonnant Henri de La Rochejaquelin, parce qu'avec trente hommes Henri s'était glissé dans les genêts pour compter à ses bivouacs l'armée républicaine. (Genoude, Voyage dans la Vendée.)

#### VERS 3, PAGE 19.

On les verrait bientôt, dans leur rage impunie,
Nous apporter la mort pour nous payer leur vie.

Les pressentimens de ce peuple ne le trompaient pas. A peine l'armée vendéenne eut-elle passé la Loire, que les prisonniers sauvés par Bonchamps tournèrent contre elle les armes qu'elle avait laissées à Saint-Florent.

#### VERS 11, PAGE 19.

Ils disaient : et la terre
Retentit sous le poids de leur dernier tonnerre.

Le peuple avait déjà traîné les pièces de canon qui lui restaient jusqu'à l'église où étaient renfermés les prisonniers.

#### VERS 10, PAGE 22.

..... L'airain sacré soupire ,
Et le peuple en prière au temple se retire.

C'est au hameau de la Meilleraie que mourut Bonchamps.

Le bronze a respiré, la toile s'est émue
Pour garder de ton nom l'immortel souvenir
Et retracer tes traits aux siècles à venir.

Pendant long-temps on vit dans l'église du hameau un prêtre, une femme en deuil et quelques paysans qui priaient sur une tombe sans nom. Cette tombe ignorée renfermait les restes du brave Bonchamps ; ce prêtre était celui qui lui avait rendu facile le passage de la terre aux cieux ; cette femme était la veuve du héros ; et ces paysans étaient de pauvres Vendéens qui venaient en pélerinage rendre hommage aux mânes de leur général. Aujourd'hui, les Bretons à Varades, et les Vendéens à Saint-Florent, au lieu même où les six mille prisonniers furent sauvés, ont élevé un monument à Bonchamps ; et le peintre célèbre dont les beaux-arts déplorent encore la perte, Girodet, a fait le portrait de ce général que l'appréciateur des vertus

vendéennes, notre Roi, Charles X, a destiné à
faire partie de la galerie de Saint-Cloud.

Depuis la première publication de cette Vendéenne par l'académie des Jeux floraux qui l'a
couronnée, la voix éloquente d'un orateur chrétien
s'est fait entendre à Saint-Florent devant le tombeau
du moderne Bayard, pour payer à sa mémoire un
pieux tribut d'hommages... Ce dut être un bien
touchant spectacle que de voir rassemblés, pour
entendre louer la valeur et la fidélité, ces Vendéens
si braves et si fidèles eux - mêmes... Là, ils pleuraient (pour me servir des expressions de M. l'abbé
Gourdon, dans sa belle et touchante oraison funèbre du marquis de Bonchamps), là, ils pleuraient
avec sa veuve qui se souvenait de la fidélité vendéenne; ils partageaient la douleur de sa fille chérie ( madame la comtesse Arthur de Bouillé ), dont
les traits font revivre de si touchans souvenirs; ils
recevaient dans leurs bras le noble enfant que cette
noble dame présentait à l'armée vendéenne, et
qu'elle avait conduit autour d'une tombe aussi il-

lustre, pour qu'il apprît à vivre digne du nom de Bonchamps, digne du nom de Bouillé; pour qu'il pût se souvenir à jamais qu'il doit doublement compte à la vertu et à la gloire du sang généreux dont il est sorti.

www.ingramcontent.com/pod-product-compliance
Ingram Content Group UK Ltd.
Pitfield, Milton Keynes, MK11 3LW, UK
UKHW020837120726
13693UKWH00002B/704